불교문예 기획시선 02

사랑의 거리

고영섭 외

불교문예

■ 머리말

시詩는 언어로 승화시킨 가장 빼어난 예술작품입니다. 시는 '언어의 관청'[寺] 혹은 '말씀의 사원'[寺]으로 알려져 있습니다. 붓다는 연기된 제법의 성상性相에 대해 '오롯이 관찰하라'[正念]고 하였습니다. 또 공자는 시 삼백 편을 한 마디로 폐하여 말하면 '사사로움이 없다'[思毋邪]고 하였습니다. 그 결과 오도悟道 후의 선시와 음차飮茶 뒤의 차시에는 정신의 사리가 나오고, 풍류 중의 작시나 음주飮酒 뒤의 작시에는 예술의 사리가 나왔습니다.

조선 왕조의 도읍인 한양의 안팎에는 많은 원찰願刹들과 능침陵寢사찰들이 있었습니다. 태조는 신덕왕후神德王后 강씨康氏가 죽자 능지陵地를 서울 중구 정동에 정릉貞陵을 조영하고 왕실의 명복을 비는 원당願堂으로 흥천사興天寺를 지어 조계종의 본산으로 삼았습니다. 태종이 고려 이래 11종파를 통합한 7종파를 세종은 선종과 교종으로 재통합하면서 서울 서대문구 연희동의 옛 연희방에 흥덕사興德寺를 지어 교종 도회

소(총본사)로 삼았습니다. 흥천사는 연산군 때(1504)에 불타고 중종 때에는 사리각까지 불타서 완전히 폐허가 되었습니다. 선조는 함취정含翠亭의 옛터로 절을 옮겨 지었으며(1569), 정조 때에는 성민聖敏과 경신敬信 화상의 발원으로 지금의 위치로 옮겨짓고(1794) 신흥사新興寺라 하였고, 고종 때에 불사를 크게 하여 다시 흥천사(1865)라고 하였습니다.

근래에 흥천사는 사격寺格을 일신日新하여 이 지역의 전통사찰로 거듭 나고 있습니다. 이 절은 극락보전(서울시 유형문화재 제66호), 명부전(서울시 유형문화재 제67호), 용화루, 칠성각, 독성각, 만세루, 승방, 큰방, 일주문, 종각 등을 비롯한 많은 문화유적을 간직하여 도심 속의 전통사찰로서 그 격을 드높이고 있습니다. 이러한 흥천사에서 계간 《불교문예》의 2017년 창작수련회와 시화전이 열린다는 것 자체가 큰 의미가 있습니다. 시詩를 '말씀의 사원'이라고 할 때 사원 안팎에서 문학예술을 공유하는 것은 자연스러운 일이라 할 수 있습니다. 특히 사찰을 쉼터와 깸터로서 찾아오는 서울 시민들과 한 해 동안 시와 그림을 공유할 수 있다는 것은 시의 일상화와 일상의 문예화 차원에서 그 의미가 적지 않습니다.

시와 그림이 통섭된 70여 편의 이들 시화(글그림)는 흥천사 경내의 '손잡고 오르는 길'(삼각선원)에 1년 동안 전시됩니다. 그리고 이들을 포함한 81편을 수록한 작품집 『사랑의 거리』가 종이책과 전자책으로 간행되어 널리 배포될 예정입니다. 여기에는 야보 도천, 원감 충지, 석옥 청공, 나옹 혜근, 청한 설잠(김시습), 한용운, 김소월, 김영랑, 이상화, 노천명, 윤동주, 조영암, 조명암, 박인환 등 한국과 중국의 작고 시인에서부터 이근배, 조오현, 청화, 혜관 등 두 나라의 대표적인 문인들이 참여하고 있어 문학이 주는 '사랑의 힘'을 배가시키고 있습니다. 이러한 행사를 물심양면으로 지원해주신 흥천사에 깊이 감사드립니다.

2017년 10월 21일
불교문예 편집주간 고영섭

차례

동서남북

나옹 혜근

동서남북이 탁 트였거니

시방세계가 또 어디 남아 있는가

허공은 손뼉치며 라라리 노래하고

돌계집은 그 소리 따라 한바탕 춤을 추네.

붉은 해

강명수

서녘 하늘에 붉은 해 하나 붙어 있습니다.

차를 타고 달리는 노란 들녘이 눈 시립니다.

문득, 저 붉은 해 속이 궁금해집니다.

붉은 해를 가방 속에 쑤셔 넣고 집으로 달려갑니다.

가방에 눌려 손톱 속의 봉숭아 꽃물만 해진 해가

나를 빤히 쳐다봅니다.

판소리

고영섭

우리들의 노래를 어찌할까나

겨우 칠일 동안 노래하기 위해서

칠 년 동안 땅속에서 인고를 견딘

매미들이 떼를 지어 노래하는데

온몸을 울리며 소리를 뽑는

저 상가수 임방울의 쑥대머리처럼

간간하고 절절한 소리 뽑아야

우리 모두 판 울리며 하나 되겠지

아, 피 토하는 소리꾼의 몸 떨림으로

우주계의 고막이 뺑 터지는 소리.

알함브라 궁전의 추억

권현수

보아야 할 일이 많아서
알아야 할 일이 많아서
해야 할 일이 너무 많아서 나는

앞에 있는 너를 보지 못하고
집으로 돌아가는 길을 찾지 못했다.

귀가 커지는 산방

김금용

가야산 골짜기 암자에 가방을 내려놓자
초저녁부터 잠이 쏟아진다

새벽에 일어나 수도승 흉내를 내본다
시집 한 권을 독파한다

축하답신을 보내려던 편지지 한 쪽을 찢어
집게벌레를 조심스레 방 밖으로 내모신다

절 마당 샘물터에 잠겨있던 잔별 몇 개
너도 불경 말씀 좀 알아들었냐
반짝 흰 이 드러내며 웃는다

깨라

김기화

도공이 도자기를 깨는 일은
제 스스로 불가마가 되려는 일

너도
네 길에서

너 다운
네가 되려거든

네 주먹으로
네 껍질을 깨고
네 틀을 깨는 일

꽃눈이 꽃봉오리를 터트리듯
네 멍울을 터트려야 네 빛을 볼 수 있나니

도공이 도자기를 깨듯
술꾼이 술독을 깨부숴버리듯

너도
너답게
너를 깨는 일.

나의 자리

김명옥

어디에 살고 있는지 모르는 사람들이
가슴 속에 파놓은 우물은
가끔 붉게 충혈 되곤 했어

부끄러운 기억을 깔고 앉아
한 발도 뗄 수 없던 날
너의 혀 위에서
빙수처럼 녹아버렸더라면

이승의 바깥에서
눈가리개 풀고 보면
나의 자리는
아무것도 남김없이
비어있기를 바래

힘든 밤이었어

김치찌개

김병걸

찌개냄비에다 서로의 숟가락을 집어넣고

아무 의심 없이 쑥 집어넣고

우리는 알만한 건더기를 건지고

말 없는 동의로 국물을 뜬다

비곗덩어리의 이야기들이 냄비에서 끓기 시작하면

맛이 같은 결론의 넌출을 끄집어내고

우리는 진지해진다

눈물 나는 뜨거움을 시원하다고 말하며

새벽달

김동수

누가 놓고 간 등불인가

서편 하늘 높이

千年 숨어 온 불덩인가

속살로만 타오르다 피어 난

하늘의 꽃등

먼 길을 가는 나그네

여기 멈추어

부드러운 네 치맛자락을 보듬고

밤을 뒹군다

별빛마저 무색한 밤

오늘도 내 키보다 둥실 높이 떠서

끝내 눈을 감지 못하는
聖女

오, 내 어머니여

깨닫고자 하면

원감 충지

깨닫고자 하면 점점 멀어지고

평안하려 하면 오히려 불안해지네

평안을 잊어야 평안하고

깨달음을 잊어야 깨닫게 되니

이 도리는 원래 복잡하지 않네.

한 때 그리고 비

김세형

여자가 내게로 온다고 했다
그래서 올 때라고 했다
여자는 사랑이라고 했다
난 구름이라고 했다

여자가 내게서 간다고 했다
그래서 갈 때라고 했다
여자는 이별이라고 했다
난 바람이라고 했다

여자가 울면서 간다고 했다
그래서 울 때라고 했다
여자는 눈물이라고 했다
난 비라고 했다

예전엔 미처 몰랐어요

김소월

봄 가을 없이 밤마다 돋는 달도
예전엔 미처 몰랐어요

이렇게 사무치게 그리울 줄도
예전엔 미처 몰랐어요

달이 암만 밝아도 쳐다볼 줄을
예전엔 미처 몰랐어요

이제금 저 달이 설움인 줄은
예전엔 미처 몰랐어요

우주 찜질방에서

김수원

태양이 두른 궤도에서 이탈하여
어쩌다 떠돌이별이 된 걸까

뭇별들이 서로 체온을 빛낸다
삶의 어두운 뒤편에서
삶은 계란으로 타원형 궤도를 돌거나
은하별이 둥둥 떠오른 식혜로
신열에 달궈진 몸을 식힌다

하나 둘 잠 속으로 빠져 든다
엄마의 양수로 씻은 몸을 웅크린 채
꿈속에서 배냇짓을 한다
전생의 자궁 속 파란 별자리에서
새로운 탄생을 위해
탯줄의 궤도에 숨길을 엮는다

해가 산도産道를 여는 탄생에

새날의 인력으로 힘줄을 당겨

세상 궤도로 첫발을 내딛는다

구멍

김순애

목포 해양 박물관에 가서 아주 오래전 침몰한 보물섬을 보았다. 선박에게 가장 무서운 것은 파도가 아니라. 밑바닥을 뚫는 구멍 하나라는 것 보았다. 작은 구멍 하나가 저 큰 배를 그 옛날에서 지금으로 항해 시켰던 것이다. 물밑을 오래 항해 했던 것이다.

구멍은 천년의 침묵과 함께 푸른 청자기와 무역선을 건져냈던 것이다. 구멍이란 시차와 시공이 드나드는 곳이라는 것 보았다.

내 몸 어디에도 육지의 날들이 졸졸 새고 있는 구멍하나 있어 드나들며 숨 쉰다. 싣고 가는 보물도 없고 필사의 뱃길도 없이 점점 침몰해가는 이곳은 어느 물밑인가.

박물관에 다녀 온 뒤부터 울컥울컥 물 새어 들어오는 소리가 자주 들린다.

자작나무숲을 찾아서

김승기

열두 살 멋모를 때 처음 만난 자작나무
그 후로 늘 꿈이었던

이제 나이 들어 조금씩 멋을 알아가는 지금
두 번째 다시 만나는, 그리움

그러나 점으로 박히는 한두 그루의 눈부심보다
숲이 되어 하루 한 번씩 온 산 화안히
어둠 깨우며 빛나는 황홀함
보고 싶다

산다는 건
자작나무를 숲으로 만드는 일

내 안에서 숲이 되어 있는 지도 모를
그 자작나무숲

북

김영랑

자네 소리 하게 내 북을 잡지

진양조 중머리 중중머리
엇머리 자진머리 휘몰아보아

이렇게 숨결이 꼭 마저사만 이룬 일이란
인생에 흔치 않어 어려운 일 시원한 일

소리를 떠나서야 북은 오직 가죽일 뿐
헛 때리면 만갑萬甲이도 숨을 고쳐 쉴밖에

장단長短을 친다는 말이 모자라오
연창演唱을 살리는 반주쯤은 지나고
북은 오히려 컨닥타요

떠받는 명고名鼓인데 잔가락을 온통 잊으오

떡 궁! 동중정動中靜이오 소란 속에 고요 있어
인생이 가을 같이 익어 가오

자네 소리 하게 내 북을 치지

고독경

김원희

산 깊은 암자
정진중인 물고기

평생 바람과 벗하여
허공 한켠 지분 얻어
홀로 경經을 읊는다

베일 듯 팽팽한 정적
속을 비운 모든 것에선
바람 소리가 난다

아버지의 시집

김일곤

아버지 쟁기질하는 모습은
늘 가편이었다.
탈고라도 하듯 써레질이 끝나고
누렁이 워낭소리 풍경이 될 쯤
논바닥은 원고지가 되었다.

푸른 펜촉으로
아버지는 남실남실 시를 쓰셨다.
아버지는 무명 시인
세 마지기 논배미가 가난한
그의 평생의 시집이었다.

나이 오십이 넘어서야
그나마 나에게도 어렴풋이 읽혀졌던
푸른 표지의 시집 한 페이지

어쩌다 섬진 들녘 지나쳐 가는 날이면
왜 이리도 아프게 넘겨지던.

허공

남청강

허공은 분노하지 않는다
허공에 선 나무가 저와 같다던 사람이
어느 날 분노의 기침을 하였다
찰나와 영겁 그 사이에 여백은 없었고
허공은 시간을 거슬러 가지도 오지도 않았다
끝없는 바다에 시간을 밟아버린
기침소리만 들려 올 뿐
그 누구도 허공을 다룰 수 없었기에
허공을 빗댄 분노의 기침소리가 요란하다
허공은 기침소리가 없다
분노를 만들려는 사람만이 허공에 시간을 세우려
한다
까마득한 날부터 지금까지
허공은 시간의 입술을 열지 않았다

장날

노천명

대추 밤을 돈사야 추석을 차렸다.

이십 리를 걸어 열하룻장을 보러 떠나는 새벽

막내딸 이쁜이는 대추를 안 준다고 울었다.

송편 같은 반달이 싸릿문 위에 돋고,

건너편 성황당 사시나무 그림자가 무시무시한 저녁,

나귀 방울에 지껄이는 소리가 고개를 넘어 가까워지면

이쁜이보다 삽살개가 먼저 마중을 나갔다.

평안하신가

문창식

그리움 깊어 이승의 강 건널 제
피안에 선 그대 평안하신가

눈 안개비 내려
별들의 세계로 가는 미몽의 바다
푸른 물결 넘실대는 작은 집
그대 평안하신가

살붙이로 살지만
때로는 너무나 다른 섬
밀썰물에 부대끼는 또 다른 나
바로 보는 그대 평안하신가

그리움 깊어
삶이 흔들릴 때
회억의 강가에 선 그대 평안하신가

골짜기

문태준

오늘 한 사람이 세상을 떠났으니
이 외롭고 깊고 모진 골짜기를 떠나 저 푸른 골짜기로

그는 다시 골짜기에 맑은 샘처럼 생겨나겠지
백일홍을 심고 석등을 세우고 산새를 따라 골안개의 은둔 속으로 들어가겠지
작은 산이 되었다가 더 큰 산이 되겠지
언젠가 그의 산호山戶에 들르면
햇밤을 내놓듯
쏟아져 떨어진 별들을 하얀 쟁반 위에 내놓겠지

난蘭

문혜관

얼마나
아프기에
저리 날을 세우나

안으로
삼킨 인고
가슴 속 담아 놨다,

살 찢어
피는 꽃이라
향기조차
그윽한가

가을 잎

박영배

산으로 갑니다
가을이 그곳에 있어서요

산등성이 넘을 때마다
그대 생각할 것입니다

그대 산으로 오세요
나, 단풍잎으로 있을게요

그대 오는 길 밝히며
너울너울 물들어 있을게요

그대 앞에 몸을 풀고
어서 붉어지고 싶어요

석류꽃

박영하

그리운 눈빛
다시는 만날 수 없어도
그 이야기는
세월 속 꽃이 되어
능금처럼 익어 간 영상

기존 도덕이 공해로
무너져 내리는 도시에
깊어 가는 밤도 잊어버리고
잔잔하게 부르던 그 노랫소리
이제는 들을 수 없어도
순박한 뒷모습이 무지개처럼 떠오른다

낙엽 냄새 짙은 밤
그 모습
다시는 찾을 수 없어도

그 이야기는

내 가슴에 석류꽃으로 피고 있다

무도회

박인환

연기煙氣와 여자들 틈에 끼여
나는 무도회에 나갔다.

밤이 새도록 나는 광란의 춤을 추었다.
어떤 시체를 안고.

황제는 불안한 샹들리에와 함께 있었고
모든 물체는 회전하였다.

눈을 뜨니 운하는 흘렀다.
술보다 더욱 진한 피가 흘렀다.

이 시간 전쟁은 나와 관련이 없다.
광란된 의식과 불모의 육체…… 그리고
일방적인 대화로 충만된 나의 무도회.

나는 더욱 밤 속에 가라앉아간다.
석고의 여자를 힘 있게 껴안고

새벽에 돌아가는 길 나는 내 친우가
전사한 통지를 받았다.

홍시

박준영

툭!

가슴이 철렁

우주가

떨어진다

그 우주

맛있게

통째로 삼키는

이 가을

당단풍

박한자

산속을 기웃거리던 하늬바람
작은 잎새에 불씨 하나 준다

기다리던 네가
이제야 왔다고

불을 끌어안고 어깨춤 추며
활활 타오르는 나무

바람도 덩달아 무희가 되어
잔치 마당에서 화관무를 춘다

백담사 계곡

박 향

백담 계곡에 쌓아올린
수많은 돌탑들

오르다 주저앉은
천태만상 중생들

독경소리 삼천구비 산 오르고
목탁소리 백팔계곡 따라 흐른다

높은데 계신 부처나
낮은데 계신 부처나

부처는 하나
부처는 하나

선악에 대하여

방민호

나 보았네

인취사 밤 연못에서

먹이 찾는 눈빛을 가진 뱀들

검은 물 위로 천천히 고개 내미는 것

그 뱀들 여러 잎으로 갈라진 혀 다 내미는 순간

세상에서 가장 아름다운 선 피어나는 것

한 밤에 나 다 보았네

선이 선에서 태어나지 않고

악이 악 속에 묻혀 있지 않은 것

산의 달

석옥 청공

돌아와서 발을 씻고 잠이 든 채로

달이 옮겨 가는 줄도 미처 알지 못했네

숲속의 새 우짖는 소리에 문득 눈 떠 보니

한 덩이 붉은 해가 솔가지에 걸렸네.

복숭아 성전

석연경

불 들어갑니다
아무것도 가지지 않는 불은
지푸라기 하나라도
제 것 아니라고
봄날을 활활 탄다
비우다 투명하게 사라진
분홍 분홍 복숭아꽃잎
바람의 머릿결이
불의 긴 옷자락을 잡아당기는데
아무것도 아닌 풍경의 절벽
생의 바깥이란 없어서
안개비 자욱한 저녁
시간의 숨소리 따라
설레는 복숭아나무가
불꽃의 심장을 식히고 있었다.
분홍 분홍 볼이 발갛다

다시 봄이다

봄의 새악시다

견불암

석 전

옛 사람의 후예는
참당을 떠받들어
천년을 이어온
당림 숲이라 부르고

계관산 봉우리들이
견불암을 품을 때

산승은
아리수 언덕 위에서
유황수로 두 발을 적신다.

꽝~
계관산이 울린다.

주름의 안쪽

송 희

냉장고 뒷구석에 숨어든 사과 하나

제 배꼽 쪽으로 당기고 당겨

주름에 절여졌다

귀를 어지럽히던 바람소리도

스폰지처럼 달디 달아졌다

푹신한 골방이 되었다

동안거 마지막 날

툭, 칼집이 나간다

관계

승 한

울어서 바다다

울어서 육지다

울어서 바다와 육지다

울어서 너와 나다

남과 북이다

당신을 그리워한다는 것은

오현정

당신을 그리워한다는 것은
당신 옆에서 한시도 눈을 떼지 못하는
저 꽃을 볼 때
한 시절을 떠올리는 것처럼 쓸쓸한 일이다

당신을 그리워한다는 것은
은행잎이 흩날리는 오후 3시쯤
나도 모르게 흐르는 강물에 발목 적시다
잠들 수 없는 내 피돌기를 술잔에 담아 홀로 삼키는 일이다

당신을 그리워한다는 것은
내 안에 사는 또 다른 날개
불현듯 걸망 멘 포대화상布袋和尙이 나타나
꿈의 세계로 동행하자는 것이다

대그림자가

야보 도천

대그림자가 뜰을 쓸고 있네

그러나 먼지 하나 일지 않네

달이 물밑을 뚫고 들어갔네

그러나 수면에는 흔적 하나 없네.

송광사 가는 길

우정연

가을 햇살이 엿가락처럼 늘어나
휘어진 산길을 힘껏 끌어당긴다
늘어날 대로 늘어난 팽팽한 틈새에서
저러다 탁, 부러지면 어쩌나
더 이상 갈 길을 못 찾고 조마조마하던 차에
들녘을 알짱대던 참새 떼가 그걸 눈치 챘는지
익어가는 벼와 벼 사이를 옮겨 다니며
햇살의 시위를 조금씩 느슨하게 풀어주고 있다
비워야 할 일도 채워야 할 일도 없다는 듯
묵언정진 중인 주암호를 끼고
한 시절이 뜨겁고 긴 송광사 가는 길
참, 아득하기만 하다

몽돌, 파도를 감으며

유대준

내가 던진 화두다
거대한 몸뚱이 뒤채고 비틀어 빚은
발음되지 않은 언어다
세상 헐거워, 소리 뒤바뀔 때마다
침묵의 끈 닿지 않는 곳까지 부서진 파도
분명 저건 다듬고 다듬어 빚은 울림
말씀일진데
온몸으로 감아 구르지 못하고
세상이 내지른 질문에 취한
우매한 중생은
몇 겁을 구르고 굴러야
몽돌이 될까
물소리 깊은

난, 늘 소리만 높다.

무채색의 풍경

유 민

일궈먹던 밭과 집을 투견장에 갖다 바친 아버지가 죽도록 얻어맞고 돌아온 후에 그녀는 떠났다. 시름시름 앓던 아버지가 원기회복을 하더니 결혼패물만은 절대 안 된다며 패물상자를 온몸으로 사수하던 그녀를 죽지 않을 만큼 두들겨 패고는 다시 투견장으로 떠났기 때문이었다. 물오름 들녘에 서서 내게 말의 볼과 갈기를 쓰다듬는 법을 가르쳐주던 그녀는 새벽부터 머리를 곱게 단장하고는 오래도록 나를 껴안고 울더니 말없이 떠났다. 나는 그때 깨어 있었고 잠든 척 눈을 감고 있었다. 그녀의 발소리가 방에서부터 멀어지는 소리를 들으며 나는 오래도록 어둔 천장을 바라보며 누워 있었다. 혼자 누워 있는 방이 너무 고요하고 쓸쓸해지자 툇마루에 쪼그리고 앉아 멀리 산길을 바라보며 훌쩍거렸다. 보슬비 내리는 아직 박명인 산길은 고즈넉했고 멀리 흰 옷이 나풀거리며 한 점이 되고 있었다.

– 「경마공원에는 별들이 산다」 중에서

부젓가락 당신은*

유병옥

가슴에 숯불 일궈

질화로에 담아놓고

황사 염해 시달리던

지친 낮달 귀가하면

밤새워 불씨 데우는

부젓가락

당신은.

* 어머니

편지

윤동주

그립다고 써보니
차라리 말을 말자
그저 긴 세월이 지났노라고만 쓰자

긴긴 사연을 줄줄이 이어
진정 못 잊는다는 말을 말고
어쩌다 생각이 났노라고만 쓰자

잠 못 이루는 밤이면
울었다는 말을 말고
가다가 그리울 때도
있었노라고만 쓰자

너였구나

이경숙

하늘이 두 쪽 날 것 같은 폭음 쏟아내며
비행기가 빗금 긋고 날아간 뒤
옥상을 후끈 달궈놓은 햇볕 정적을 몰아오고
누렁이 모녀 응달에서 졸고 있다

윙 윙 윙 윙 ~ 귓속을 울리는 소리
벌들이 떼거리로 날아와 채송화 향기를 탐한다
부끄러워 얼굴 빨개진 여린 꽃잎
몸 디밀고 벌들 불러들인 게 바로 너였구나

벼루를 닦으며

이근배

어느 불구덩이에서 용암이 흘러
이 많은 물결을 타고
다듬어진 돌이겠느냐

疏를 올리던 서릿발 같은 마음이
돌에 갈려 패여졌거니
누더기져 검게 풀리는 먹물은
바로 역사의 찌꺼기구나

썩고 무너지던 왕조에서도
먹을 갈아서 한지를 적시던 곧은 뜻은
살아서 돌에 배어서
이 풀리는 물소리에 들려오거니

문득 눈을 들어 나는 말하겠네
오늘도 썩지 않는 마음
온전한 자유 하나를

제부도에서 바람을 굽다

이담현

석쇠 위에 조개들, 앙다문 입이 단단한 침묵마저
삼켰다
지금 먼 바다 냄새를 기억하는 것일까, 바다 한
채가 몸속에서 소용돌이치고 있다

석쇠는 바다의 연대기를 기록하고 있지만 한 마
디 말도 뱉지 않고 바다를 앙다물고 있다 저 심연을
열고 싶다

석쇠가 달구어진다 둘러앉은 수다들이 점점 발그
레해진다 바다가 화룽거리며 불길이 높아진다
석쇠가 조급해질수록 무언의 말들이 거품을 뱉는
다 사나운 파도 몇 채가 허옇게 뒤집어진다

심연이 한 번 푸르게 떠올랐다가 긴 울음꼬리를
끌고 사라진다 조개가 드디어 입을 쩌억,
슬픈 혀는 바다를 닮았다

또 다른 생

이덕주

백 년 전, 입안에 삼킨 울음을 뱉지도 못한 채 또 걷는다. 환승으로 가는 도시를 향해 한 발을 뗀다. 경전을 왼손에 옮기며, 탁발승의 다리를 떠나지 못한다.

탁발을 끝낸 빈 그릇, 달그락거리는 소리는 어디서 왔는지. 버림받았다는 몸을 버리지 못하는 건, 너의 생이다.

귀를 막아도 발목을 끄는 소리, 탐험을 좋아하던, 익숙하지 않은 그의 자리를 차지한다. 내 다리는 숲에서 나와 도시를

떠돈다. 이 도시에 그의 흉내를 내는 입술이 거리를 메운다. 라마경전을 손에 든 탁발승의 환생이 나에게 다가오고,

천불천탑
- 어머니佛 4

이문형

바람이 돌이 되고

돌이 별이 되는 계곡

은하수도 내려앉은

운주사 천불천탑

세상이

꿈을 지고 와

부려놓고 갔구나

너라는 돌

이문희

내 안엔 너라는 돌이 들어와 박힌 날부터 내 발바닥까지 뜨거웠지

너라는 돌이 있어 사막에서나 폭풍 속에서도 난 잊을 수 없었지

나의 상처는 너라는 돌 언제나 나의 중심을 흩뜨려 바로 세우지

농촌의 집

이상화

아버지는 지게 지고 논밭으로 가고요
어머니는 광지 이고 시냇가로 갔어요
자장자장 울지 마라 나의 동생아
네가 울면 나 혼자서 어찌 하라고

해가 져도 어머니는 왜 오시지 않나
귀한 동생 배고파서 울기만 합니다
자장자장 울지 마라 나의 동생아
저기저기 돌아오나 마중 가보자.

금란초춘金蘭初春

이석정

간난 고행 끝에

뽑아 올린

금란 한 송이

옳은 길이라면

허리를 비틀고

돌려서

허공을 잡고라도

갈 길을 간다

죽음의 뜻

이승하

어머니 곁에 아버지의 유골함을 묻었다
그 누구보다 더 오래 산다는 것은
한 사람의 죽음을 반추하며 살아가라는 뜻인가

생전 해보지 않던 밥을 하면서
빨래를 하면서 다리미질을 하면서
아버지는 삶을 생각했을까 죽음을 생각했을까

나 몇 년을 더 살아야
내 부모 죽음의 뜻을 알게 될까
내 삶과 죽음은 타인에게 어떤 뜻으로 남게 될까

청령포淸泠浦의 뜬소리

이아영

삼면이 구비치는 서강물
등껍질 벗긴 곤룡포는
찬바람에 나뒹굴고

왕관 잃은 애통한 사랑이었을까
두문불출 삼일 통곡 끝에 모든 책을 불사른 설잠
승속을 넘나드는 두타행하면서도
일거수일투족 귀명창이 된
저기 저 관음송觀音松은 왜 못 그렸을까

내려놓자 내려놓자 다짐하면서
거룻배 타고 강 건너가는 오늘
매월당의 묵매도墨梅圖를 붉은 놀에 묻어두고
볼멘소리 뜬소리 되뇌어본다

나, 나무

이용주

그믐달로 수면을 흔들리게 한다

경계가 주어진 그늘이 되어
우리는 나무와 함께 하면 나무가 된다
나무는 나이테이고 살아있는 정오이고
동행이다

손가락 엄지에 낀 여정이다

누구와도 떨어질 수 없는 고목이다

불안은 불안을 남기는 동안
나무는 기다림의 낮은음자리
사막에 방을 낳고

체위를 볼 수 있는 창을 드러낸다

끝없는 생의 마지막
누울 자리를 만들어 준다

나도 그렇게 열 평도 아닌 두어 평
속으로 온몸 춤추며 떠날 새이다

연꽃

이진해

연꽃이 피었다
바람에 떨어진 쉼표는 덧니처럼
꽃대에 올라앉았다
온 몸이 녹아 내렸다
이별의 끝이다
쉼표에 따라온 말 한마디
연잎처럼 푸르다
돌아가야 할 약속들이
쉼표같은 검은 씨앗이 된다
샤워꼭지를 달았다
소리처럼 터트리고 싶었다
진흙처럼 온 몸을 반죽해대는
인연의 실루엣같은 연꽃이 피었다
그 외는 아무것도 인화되지 못하게
샤워꼭지를 잠근다

봄에는 꽃 피고

작자 미상

봄에는 꽃 피고, 가을에는 달이요

여름에는 맑은 바람 겨울에는 눈이 있네

그대 마음 이와 같이 넉넉하다면

이야말로 인간 세상 좋은 시절이네.

흘린 술이 반이다

이혜선

그 인사동 포장마차 술자리의 화두는
'흘린 술이 반이다'

연속극 보며 훌쩍이는 내 눈, 턱 밑에 와서
"우리 애기 또 우네" 일삼아 놀리던 그이
요즘 들어 누가 슬픈 얘기만 해도
그이가 먼저 눈물 그렁그렁
오늘도 퇴근길에 라디오 들으며 한참 울다가 서둘러 왔다는 그이

새끼제비 날아간 저녁밥상, 마주 앉은 희끗한 머리칼
둘이 서로 측은히 건네다 본다

흘린 술이 반이기 때문일까
함께 마셔야 할 술이

반쯤 남았다고 믿고 싶은 눈짓일까

안 보이는 술병 속에

감은사 동탑과 서탑

임술랑

나는 당신을 사랑하고
당신은 나를 사랑하고
탑 모서리에 뜨는 달
동이 서를 믿고
남이 북을 믿는다
당신은 나를
나는 당신을
세상에 세상에
그 떨어진 거리만큼 그리워하느니
당신이 없으면
나는 없다
내가 없으면 당신이 없다
해는 오늘도 당신 몸을 온전히 비춰서
그 그림자가 내 몸에 기댄다
날마다 풍화되는 이 몸
사는 동안 바람결에 노래를 흘려보낸다

마음

임연규

고즈넉한 산사 채마전에

고추, 가지, 오이, 호박, 상추, 쑥갓, 아욱

심다가

허리 펴며 손 얹고 바라보는

青山

물오르는 산색이

봄바람에 부드러운 허리를 비트네

산꿩이

꿩! 꿩!

묻네

"네 마음은 어디에 심었느냐?"

목련

장옥경

누구는
첫새벽 쏘아 올리는 별빛이라 하고
누구는
천상의 거문고 소리 들었다 했던가

혹한의 추위 견디며
생살 찢는 아픔 이겨
흰 꽃봉오리 활짝 화알짝
밀어 올렸건만

세상은 꽃 수렁
오욕번뇌五慾煩惱의 진탕에서
아프고 눈물짓는 사람들
그들을 위해서 송이송이 촛불 밝혀
간절히 기도드리고 있는
저 목련꽃

술래잡이

전인식

무궁화꽃이피었습니다무궁화꽃이피었습니다
어느 곳간 무지개를 걸어두고 잠에 빠진 너를
찾다 찾다 배가 고파 집으로 돌아와 버린
낮달이 있던 날

머리카락 꽁꽁 숨은 장독 뒤 같은 세월은 흘러
어디에서 또 한뎃잠을 자고 있을
너를 찾는 술래가 되어
충무로를 걷는다 을지로를 걷는다

쉽게 눈에 띨 것도 같은
분홍 저고리에 남색 치맛자락
고약한 추억의 빛은
왜 이리도 선명하고도 흐릿하기만 할까

해는 달을 , 달은 해를

쫓고 쫓는 슬픈 술래잡이

너와 나 따라하자는 말인가

가시내야 가시내야

하얀 상사화

정금윤

쓰레기차 시동소리
사라져간 뒷골목

원룸 창을 액자 삼아
하얀 꽃을 터뜨린다

파마머리 길어서
하얗게 부푼 꽃

살짝 그을은 피부에
하얀 틀니도 피어난다

등교하는 손자
돌아보는지 마는지

앙상앙상 흔들리는

주름진 하얀 손

건너편 창문이

어른어른 엿보고 있다

옛사랑, 자동자

정복선

납작 쭈그러진 폐차들이 켜켜이 포개져 실려 간다

남녘섬에서는 붉은 동백꽃이 뚝 뚝 지고
오래된 백련지白蓮池에서는 무심히 연꽃이 벙글
동안,

순명順命 혹은 거슬러 오름
한마당 놀이패였거나 장돌뱅이였거나
중중무진 출렁이는 도로망網을 누빈 게 언제 일
인가

오체투지로 엎드린 저 사랑, 히말라야를 넘어간다

일어선 햇빛

정학명

나뭇잎은 햇빛을

반사하며 반짝인다고 생각했다

어쩌면 저 뒤척임은

아름다운 전전반측 같은 거라고 생각했다

아니다, 다시 쓴다

나무는 햇빛을 껴안는다

햇빛과 결합하고 햇빛으로 몸을 만든다

나무는 마침내는

서 있는 햇빛이다

밤의 나무는

캄캄한 햇빛이다

고요히 기공을 열고 숨쉬며

지하 멀리까지 들어가 보는 햇빛이다

알뜰한 당신

조명암

울고 왔다 울고 가는 설운 사정을
당신이 몰라주면 누가 알아주나요
알뜰한 당신은 알뜰한 당신은
무슨 까닭에 모른 척 하십니까요

만나면 사정하자 먹은 마음을
울어서 당신 앞에 하소연할까요
알뜰한 당신은 알뜰한 당신은
무슨 까닭에 모른 척 하십니까요

출정가

조영암

복사꽃 붉은 볼이 너무도 젊어

사랑도 하나 없이 싸움터로 달린다

나라와 겨레 위해 몸이 슬어도

천년 후 백골은 웃어 주리니

흐려오는 안정眼精에 얼비치는 사람아

흰 눈벌 촉루 위에 입 맞춰 달라

사랑의 거리

조오현

사랑도 사랑 나름이지
정녕 사랑을 한다면

연연한 여울목에
돌다리 하나는 놓아야

그 물론 만나는 거리도
이승 저승쯤 되어야

삶의 여정

진준섭

종이접기 하듯
쉽게 할 수 없었지

시간의 화살 따라 가면서
무형의 틀을 벗어나기 위해
꿈을 꾸고

메아리 없는 되물음 속
길을 찾아야했지

가끔은 홀로 있을 때
공허의 미로 속을 헤매며
잠 못 이루고 불 밝혔던
그 기나긴 여정

삶

철새

채 들

금강하구에 철새가 날아와 몸을 담그고 지내다 날아가 버렸다

철새도 철새인 걸 깜빡 잊고, 강도 철새인 걸 깜빡 잊고,
아득히 흩날리는 눈발 속에서 서로의 체온을 나누고 말았다

철새가 다른 강으로 날아가 몸을 담그고 사랑을 나눌 때

그제야 강은
철새가 철새인 것이 아니라 사랑이 철새인 걸 알았다

달마

청 화

금달마의 꽉 다문 입에서
천둥소리를 듣는 귀

달마의 톡 쏘는 눈에서
금빛 바늘을 얻는 손

설한풍 매운 동지섣달
매화꽃 피는 곳을 알 것이다.

천수관음

최금녀

아침마다 눈 속 깊은 곳에 넣는
콘택트렌즈 두 개

내 안의 무명無明을 깨뜨리며
사리事理를 망막으로 끌어들이는 광명,

어둠과 빛의 경계를 무너뜨려
영겁 회귀를 내다보는
천만 개의 눈, 천만 개의 손
천만 개의 손짓마다
빛 속에서 밝아지는 세상 만물,

내 마음 속 깊은 곳
빛 밝은 세상을 꿈꾸며
두 손으로 받들어 넣는 렌즈 두 개.

구구소한도九九消寒圖*
– 어느 요양원에서

최오균

간만에 발걸음 한 피붙이 그러안고
필담도 힘에 겨워 눈길로 나누는 속내
말없이 잡은 두 손을 차마 놓지 못하네.

병실 벽에 그려놓은 흰 매화 여든 한 송이
문풍지 밤새 울어 베갯잇 젖는 날에도
하루에 한 송이씩은 여 보란 듯 붉어가네.

홍매화 그윽한 향에 개구리 기지개 켤 때
스르륵 열린 창으로 명지바람 들어오면
그리움 다 사윈 불씨 꽃가마를 타겠네.

* 구구소한도九九消寒圖 : 동지로부터 봄이 될 때까지의 81일간의 기상氣象을 나타낸 표. 우리 조상들은 흰 매화 여든한 송이를 그려놓고 동짓날부터 매일 한 송이씩 붉은 칠을 해가면서 겨울 추위를 지혜롭게 견뎌내곤 했다.

타종

최정아

타종의 소리를 들었다
때린 소리는 멀리 달아나고
맞은 소리만 한참 동안
종을 맴돌았다

소리는 표정이 없다
회절 하는 후렴들이 종속에는 많다

먼 곳과 가까운 곳이 동시에 가득 찼다가
텅 비어버리는 중이다

맞은 소리와 때린 소리가 함께여서
고개를 숙이고 두 손 끝에
예의를 모신다

그믐밤 고요 속

바람이 벌떼처럼 울고

민낯의 소리들이 한밤의 고요를 흔든다

지친 소리들은 다시

종의 너울 속으로 숨는다.

낙엽

추 공

바스락 바스락 만산홍엽 떨어지는 소리는
봄비처럼 감미롭지만
울며불며 추풍에 이리저리 뒹구는
아우성은 질풍노도와 같더라
추야장 깊은 밤에 낙엽 구르는 소리에 놀라
비몽사몽 잠을 깬 난들 어이하리

사랑하는 까닭

한용운

내가 당신을 사랑하는 것은
까닭이 없는 것은 아닙니다.
다른 사람들은 나의 홍안만을 사랑하지만은
당신은 나의 백발도 사랑하는 까닭입니다.

내가 당신을 사랑하는 것은
까닭이 없는 것은 아닙니다.
다른 사람들은 나의 미소만을 사랑하지만은
당신은 나의 눈물도 사랑하는 까닭입니다.

내가 당신을 사랑하는 것은
까닭이 없는 것은 아닙니다.
다른 사람들은 나의 건강만을 사랑하지만은
당신은 나의 죽음도 사랑하는 까닭입니다

인생 품수

현 송

이름을

돌에 새기는 사람 下品

모래에 새기는 사람 中品

물 위에 새기는 사람 上品

새겨도 새긴바 없는 사람 上上品

시간 속에서 유유자적하기의 어려움

홍기돈

빠름의 반대가 과연 느림일까. 삶을 인식하는 관점에서 보자면 '그렇지 않다'는 것이 필자의 생각이다. 빠름이란 시간을 의식해야만 가능해진다. 특히 자본주의 사회에서는 그렇다. 경쟁을 기본으로 하기 때문이다. 다른 누구보다 빨리 무언가를 습득하고, 만들어내고, 유통시키고, 자본을 회수할 수 있어야 하는 경쟁은 언제나 직선적 시간의식 위에서 펼쳐진다. 우리 삶이 쉽게 피로해지는 이유는 바로 그 속도감에서 기인한다.

반면, 느림은 시간 자체를 잊어야만 실현 가능해진다. 시간 속에서 유유자적할 수 있는 이라면 굳이 누군가의 비교를 필요로 하지 않는다. 따라서 '다른 누구보다 느리게'라는 비교는 이미 느림을 벗어난 입장에 불과하다. 빠름에 대한 강박에서 벗어나지 못한 상태를 뒤집어 보여줄 따름이다.

—「시간 속에서 유유자적하기의 어려움」 중에서

보리차

홍기철

주전자에 물을 담아
보리 한줌 집어넣는다

그대 심장에도 물이 있어
하고 싶은 말을
한줌 넣어두고 싶다

푸른 보리밭 사이
걷다 돌아보며 건넨
함께 하자
알알이 굳건한 말

끓어오른 물은 물빛을 잃고
내가 건넨 말의 빛으로 물든다

물이 보리차가 되는 시간 동안

굳건했던 말이 진하게 우러나

나는 그대로

그대가 된다

침묵의 강물

효 림

눈에 보이는 강물이 강물의 전부가 아니다
우리 눈에 보이지 않는 강물은
보이는 강물보다 더 깊이 흐른다

소리 내어 흐르는 강물 속에서
침묵으로 흐르는 강물
그것이 진짜 강물이다
세상 모든 썩은 것들이
떼로 모여 강물을 만들어 흐를 때에
침묵의 강물은
눈에 보이지 않게
맑게 흐른다

비바람이 몰아쳐
온 산천의 물이 분노한 채 모여들면
그때에 침묵의 강물은 강바닥을 뒤집어엎고

포효하며 커다란 물결을 만들고 흐른다

눈에 보이는 것 보다
눈에 보이지 않는 강바닥을 먼저
깨끗이 쓸어내며 사납게 흐른다

아중호수*

황보림

처녀의 몸으로 잉태한
바이러스가 퍼렇게 꿈틀댄다

청둥오리 쇠물닭 낳아 기르는
그녀, 오늘도 분만 중이다

억세어진 물갈퀴가 가르어도
찢어지지 않는 가슴팍

생살을 찢고 나온 물푸레가
어깨를 그러모아 그림자를 품어안는다

백신도 막지 못하는 출산 바이러스

사철 마르지 않는 물푸레 빛 양수
물주름 겹겹이지만 결코 늙지 않는

그녀의 자궁

골짜기를 드러내지 않는 저수의 숲에서
풍덩, 홀로 깊어간다

* 아중호수 : 전북 전주시 덕진구에 있는 저수지.

긴 여자

황정산

그녀는 결코 걷지 않는다
미끄러져 스며들어 어디든지 간다
대나무를 타며 장검을 휘두르는 그녀는
빨랫줄이 되어 걸려 있기도 하고
계단에 그림자로 누워있기도 한다
그녀는 길이에 집착하지 않으므로
허리띠나 넥타이를 선물하는 법이 없다
붙잡을 게 없으므로
손톱을 기르거나 치장하지 않는다
언제나 먼 곳을 보고 있다
어쩌면 아무것도 안 보는지도 모른다
긴 허리로 나에게 기대
다리보다 긴 손가락으로
내 몸을 헤집어 젖은 지푸라기를 꺼낸다
불씨를 가지고 있지 못 한 그녀는
긴 꼬리를 남기며 사라진다

긴 여자가 있다

아니 사라진 여자는 모두 길다

산집

청한 설잠(김시습)

달은 밝아 그림 같은 산집의 이 밤

홀로 앉은 내 마음 가을물 같네

누가 내 소리에 화답하는가

물소리가 길게 솔바람에 섞이네.

불교문예 기획시선 • 02
사랑의 거리

초판 1쇄 인쇄 | 2017년 10월 11일
초판 1쇄 발행 | 2017년 10월 21일

지은이 | 불교문예
펴낸이 | 문병구
편집인 | 우정연 채 들
펴낸곳 | 불교문예출판부

등록번호 | 제312-2005-000016호(2005년 6월 27일)
주 소 | 13656 서울시 서대문구 가좌로 2길 50
전 화 | 02) 308-9520
이메일 | bulmoonye@hanmail.net

ISBN :978-89-97276-25-7
가 격 : 10,000원

* 이 책은 서울 홍천사에서 지원받아 제작하였습니다.

이 도서의 국립중앙도서관 출판예정도서목록(CIP)은 서지정보유통지원시스템 홈페이지(http://seoji.nl.go.kr)와 국가자료공동목록시스템(http://www.nl.go.kr/kolisnet)에서 이용하실 수 있습니다.
(CIP제어번호: CIP20170225985)